KB050072

모자입니까

시작시인선 0368 모자입니까

1판 1쇄 펴낸날 2021년 3월 19일
지은이 이귀영
펴낸이 이재무
책임편집 박은정
편집디자인 민성돈, 장덕진
펴낸곳 (주)천년의시작
등록번호 제301-2012-033호
등록일자 2006년 1월 10일
주소 (03132) 서울시 종로구 삼일대로32길 36 운현신화타워 502호
전화 02-723-8668
팩스 02-723-8630
홈페이지 www.poempoem.com
이메일 poemsijak@hanmail.net

ISBN 978-89-6021-545-0 04810
978-89-6021-069-1 04810(세트)

값 10,000원

모자입니까

이귀영

천년의 시작

시인의 말

무수한 변화 속에서 보이는 것들이 들리는 것들이 사물이 되어
태초의 어둠과 빛이 사람과 사람들의 일부가 되어
한 사람이 수많은 궁핍을 갖고 있음이 여백이 되어

모자입니까?
나의 왕 당신입니까?
역시 타자입니까?

수많은 질문에
흐르는 물은 답을 알고 있다.

2021년 봄
이귀영

차 례

제1부

제2부

제3부

제4부

해 설

제1부

멍텅구리

점점 사각으로 점점 삼각으로 구르다가 헤겔의 시선, 니체의 얼굴, 사르트르의 구토, 북극의 몸, 짐바브웨의 건건한 몸, 비슷비슷한 어떤 종족 무엇이 된다. 새끼손가락 자리엔 꼭 새끼손가락이 엄지손가락 자리엔 꼭 엄지손가락이 들어가야 했던 나는, 이제 왼쪽 오른쪽 신발이 바뀌어도 뭉실한 얼굴이 된다. 엄지발가락이 먼저 뒤꿈치가 먼저 닳지 않는다. 앞도 뒤도 없는 어디에 힘이 더 가도 힘이 널 가도 같이 닳는, 같이 슬픈, 참새가 작아서 같이 웃는, 새벽에 눈썹달이 잘 보이지 않는, 무뎌진 녹슨 칼을 보습으로 쓰고 있는, 너의 나는 나의 너는 멍텅구리가 된다.

리허설

지금 이 땅은 울어야 하는가?
내가 가는 곳마다 모진 바람이 분다.
하루씩 가는 신의 학교가 목적지보다 먼데
기경과 파종 추수에 응하지 않는 땅
몇 번 주인이 바뀐 땅
떠나지 못하는 다른 바람이 인다.

취한 것 없는 우리는 이 지상에서 울어야 하는가?

주검을 안고 하늘 향한 여인의 물음
황소의 위엄 말들의 비명 칼을 맞은 태양 아래
악의 이유는 선의 선함이라
선과 악 한 켜 한 켜 벗어 버린 껍데기 없는 민달팽이를 보랴?
우리는 몇 번 더 울어야 하는가?

죽음은 무의식이다.

폐쇄된 이 땅은 지금 검은 침묵이다.

흑백 게르니카 광장에 무차별 폭탄 쏟아질 때

분노의 잔해가 공중에서 떨어지지 않았다.
날아오르는 파편들의 송가

그들은 어디로 가는가?
우리는 어느 땅에서 울어야 하는가?

아버지가 리허설 없이 경계를 넘었다고 산을 넘었다고
산 너머에서 말씀하신다.

오독汚瀆을 오독誤讀하다

'일반인은 들어오지 마시오'

내게 하는 말인가
허름한 밥집 허름한 청춘들이 뒤섞여 있는 내부
발을 들여놓지 못하고

특수성이 없는 나의 일반성에 대하여
물어봐야겠다. 들어가도 되겠소?
중얼거리는 나의 질문

안에 있는 이들의 행복을 위하여 일반인 나는 불행하다.
자주 뒤바뀌는 행불행

세상의 모든 언어는 나를 향하고
모든 불빛이 내게 다가와 바깥이 더 따스해지는
은하 아래서 별을 셀 수 없는 밤

나의 영역을 지키려는
잔인한 진실과 칼 같은 절제와 송곳이 들지 않는
추위, 겨울을 녹이며

>

촘촘히 제 그림자에 실려 가는 일반인의 인생 퇴근길

일몰 지역과 등불 지역과 흑과 백이 비스듬히 나뉘는 저녁

눈이 소멸된 태풍처럼 중심을 잃어버린 지루한 일반인.

짓다 만 건물

아직 그러하지 아니하여 다시 금빛 석양을 대한다.
색채를 덧입어 발견되어지기를

당신과 나 그와 나 편편이 기대어 애무하며
두 편대 사이 영원한 질서
당신과의 햇살 그와의 달무리를 입어

짓다 만 과거 짓다 만 미래 검은 창 수두룩 열어 놓고
구르는 나무 도막과 조각 타일들
한 줄기 햇살 生의 이야기들
열린 뇌관에서 녹슬어 나오는 꽃술
잔 밖으로 풀이 눕는 그곳에서

두 팔 벌린 몸에 쏟아 내리는 낮과 밤
게으름으로부터 미완의 음악을 듣는다.

시간이 살지 않는 공간
어둠이 어둠으로 슬며 흐르며
짓다 만 건물 언젠가 금빛으로 떠오르기를
지붕 없는 칸막이 없는 속삭임은

>

내 모든 정지선이 걸작인데

내 모든 빛이 오름인데

나의 직선이 그의 곡선으로 갈 수 없는 영원한 미완이다.

"직선은 人間의 線이고 곡선은 神의 線이다"*

* 안토니 가우디.

모자입니까

그늘을 쓰고 다니던 모자 둥지를 쓰고 다니던
모자는 벽에서 먼지를 쓰고
행거에 겹겹이 선반에 겹겹이 모자는 모자를 쓰고 있습니다.

의상과 함께 거리를 나서는 모자
해와 달과 별들 아래서 뿌리를 쓴 모자
몸은 흘러가고 깊은 바다를 쓴 모자
하얀 비둘기를 쓴 모자

두 손과 가슴을 쓰고 있는
낮은 묘지에 십자가를 쓰고 있는
햇살 아래 노동의 낮잠을 쓰고 있는

모자를 쓰고 다니십니까?

날아가는 모자를 주우십니까?

내가 모자를 속속들이 읽습니다.

베른하르트의
"두텁고 질기고 더러운 그 회색 모자를 상당히 오래 쓰고

있어서
그 모자가 벌써 그의 머리 냄새가 배어 있어서 그는 더 이상
모자를 보지 않으려고 머리에 쓰고 있다.
누구의 모자일까 추측하며 모자를 발견한 그 자리에 서 있는"
『모자』를 읽고 있습니다.

내 모자는 모자가 아닙니다.

(시간이나 공간이나 천체나 물체를 가리는)
(손끝에 들려 있는)
(발끝에서 심심한 재주를 부리는)
(의상의 일부가 된)
(누군가의 체취가 밴)
(나를 주워서 겨드랑이에 끼고 간)

모자가 아닙니다.

이글거리는 내 몸통 하위와 신성한 그의 상위
그 사이
나와 그와의 극간, 틈입니다.

광화문이 사라졌다

광교를 지나, 종각을 지나, 흘러가는 어깨들 각도를 잊는다,

'광화문' 오일 파스타와 고르곤졸라와 붉은 와인
벽에서 흐르던 나비 부인……

기억 둘, 셋, 나를 날아 올린다,

광화문에서
기다리라던 아버지가 사라질 수 있다,
단발머리 청색 교복 청색 가방이 사라졌다.
국빈 환영 깃발을 흔들던 여고생 대열
전차와 말 탄 경찰이 뚜벅거리던 광화문
100년 노거수 은행나무가 사라졌다.

골콩드의 신사들이 가득했던 화폭이 사라졌다.
'광화문'에서 아무 일이 일어나지 않을 수 있다.
가랑잎조차 구르지 않을 수 있다.
어제는 겨울비에 아꼈던 전차표
오늘은 접힌 전차표를 내고 탈 수 있는 레일이 사라졌다.

>

아버지를 기다리던 광화문

굳이 어깨를 나른다. 무거운 나를 나른다.

1미터 위에서 나를 웃는 '광화문'이 사라졌다.

숭악하게 부패하라 속히 부패하라

오래도록 비가 오지 않을 때
헐렁헐렁 허랑방탕할 때 알았다.
무위도식 폭설 돌풍이 말했다.
조마조마한 이 난간보다 안전한 곳이 있으리라는 걸

틈새 없이 가득 찬 밀폐가 부패로 가는 길
지구 속도 지구 뉴스에
숨 가쁘게 도달한 오늘이 내일이다,

애들 눈 가리고 애들 귀 가리는 참혹한 우리 가슴이
일그러지는데 기어코 이 지구를 포기한다면
밀폐와 부패를 건너 패역의 강을 건너
떠나야 하나

부패는 희망이라는 걸
지구가 마구 달릴 때 알았다.
팽창해 갈 때 알았다.

너를 포기할 즈음 새로운 설계 [그랜드 디자인]으로
새 언어 새 흙으로 새로운 중력으로 빚으시리라는 걸 알았다.

낙타가 바늘귀를 통과하다

지하철 철로 좌측이 늘 상행선이었다.
오늘은 우측 선로 마흔 개 문 앞에 늘어선 새벽.
푸른 모자를 쓴 역무원이 밀림에 밀려들었다.
특급열차, 경로석이 보이지 않는다.
배려석 핑크빛 좌석이 보이지 않는다.
역을 지나고 사람들을 스쳐 지나고
흔들리지 않으려고 닿지 않으려고 꼿꼿하게 서 있는 나는 특급을 탔다.
종착역에 쏟아진 후줄근한 몸뚱어리들
지축을 밟기 시작한다. 앞사람 발자국을 따라 함구한
구름이 움직인다. 보이지 않는 출구를 향해
가방 뒤에 가방 어깨 뒤에 어깨 뒤통수 뒤에 검은 눈
저절로 올라가고 내려간다.
특급의 사람들, 서울역 밝은 황사가 내리고

[작은 키 작은 목소리 작은 손과 발이 도시를 통과한다]
바늘귀를 통과한 낙타*
바늘귀를 통과한 인생이 특급 인생 아닌가.

* 윌러드 위건Willard Wigan.

좁은 길

그와 손을 잡고 걸으면
지구가 꿈틀거려요. 숨을 내쉬며 달아올라요.
우리가 지구를 밟으며 지구의 생각을 굴려요.

물의 뿌리 사물의 뿌리를 도와서
지표의 파도 절규를 밟고 면적과 높이를 밟으면
지구는 기억해 낼 겁니다. 우리의 무게로

그와 손을 잡고 걸을 때
꽃잎이 발그레하고 있어요.
꽃잎이 지는 날 일기장에서
지구는 계속 돌아가는 거죠.

까마귀 외마디 두고 간 하늘이 깊어요.
오른쪽으로 기우는 그의 몸 세우려는 것 아닙니다.
한창 기우뚱거리는 지구를 안아 볼게요.

내가 매일 그의 손을 잡고 걷는 이유를 그도 모를 겁니다.
누가 본다고 해요, 길이 좁다고 해요,
편치 않다고 서편으로 기운 해 열기도 기울어집니다.

>

그의 찬 손, 손의 온도를 올리려는 거예요.

그의 손을 잡고 지구를 밟으면 지구는 기억해 낼 거예요.

따뜻해지는 그의 심장.

벌레 환희

검은 새벽 검은 먹이에 오른다.
날개를 젓지 않아도 그곳에 다다르는

흔들리는 녹음에서 작은 우리의 심장이 뛰던 날들을 아십니까?

눈앞에 공간 작은 북소리 볼레로에 빠지며
통장의 숫자와 남은 날을 세어 보는 날갯짓
거친 말의 입술 그 도저한 이름 하나 지우고
지운 이름 하나에 날아오르는 나를 아십니까?

타오르는 밤이면 불의 춤으로
11번 출구까지
마지막 날개를 얼마나 젓는 줄 아십니까?

몇 번 패턴을 바꾸어 오르면 영혼이 그곳에 닿을지?

침묵하는 그의 이름을
접었다 폈다 함께 타오르는 밤

>

기억 없음과 기억 있음의 사각지대

거기서 가벼워집니다. 누리에 휩싸입니다.

수평선 아래 각주 없음

동해에서 동이 트는 우리나라
우리가 기우는 서해는 다른 나라의 동해
요즘 고요한 아침의 나라가 어디인가?
정박한 자의 시선과 경계는 어디로 향하는가?

할아버지는 어릴 적에 요즘 아이들이었다.
아버지도 어릴 적에 요즘 아이들이었을 게다.
나도 요즘 아이들이었다.

모더니즘을 읽고 있는데, 모던 보이가 나타났는데
19세기를 반항하던 20세기 모더니즘도 지나갔고

포스트모더니즘이 신생했는데
구렁으로 빠져 버린 권위 그 시대도 지나가는 중이고

포스트 · 포스트모더니즘 시대라는데
사람이 제각각 신이 될 시대라는데

날아오르는 요즘 텍스트들
날아오르는 BTS 다이너마이트에 빠져

각주 없는 요즈음을 산다.

지하철 시선에 화장을 하는 아이
치켜든 눈에 검푸른 고래를 그리는 아이

모더니즘 포스트모더니즘 포스트·포스트모더니즘
무정차 지역을 돌아 지구는 돌아
보이지 않는 아이들

장례식에 보이지 않는 아이들
죽음은 은밀하게……, 죽음에 가려진 요즘 아이들
무차별로 환한 LED 발광의 밤

수평선 아래 각주 삭제하다.

제로데이

山사람이 山에 오르지 않는 날

길이 보이지 않는 날
인파 속에 사람이 보이지 않는 날
스치고 스친 하루 아무도 만나지 않은 날
하루 종일 대화 속 아무 말도 하지 않은
희극 바구니 속에 비극이 흘러내린

빈 주머니 장력에 내가 사라지는 날
긴 지렁이의 하루 햇살이 허세인 날

천천히 아무리 천천히 걸어도 도달한 날
바람에 눌려 마른 울음이 터지는 날

그곳에 가지 않는 그 말을 하지 않는
네 얼굴이 떠오르지 않아서
이름이 없는 날
소소한 미미한 동경에 바랜 날

걷지 않으면 생각하지 않는 날

오르지 않아 오늘이 삭제된 날

山이 없으니 山사람이 없으니 안식 없는 날

돈을 세며 가는 여행자

색다른 체험하느라 옛 감옥 호스텔에서
꼭 죄는 1인실에 누워 돌벽과 높은 천장을 향하다
비상구 표시 돌층계 아래 화살표를 따라가면 교수대다.
그 아래는
좁고 검은 바다.

나는 먹으며 달리고 구르며 달리고
언덕을 달리다 흔들리는 사랑을 만나면 타오르며 달리다
버스에서 지하철에서 행간 사이 바이러스 사이로 달리다

오늘도 남은 돈 세어 본다.

터널을 지나고 빛인가 하면 다시 어둠
낯선 사람과 낯선 길을 걷는다.

심장을 통과하는 비상구 바람 소리
그 바람 체험하고 싶지 않아
죽음보다 독한 인생 닥쳐 보겠다.

돌벽에 새겨 있는 어느 여행자의 비문에 동의하면서

하루를 거머쥔다.

‘삶이 죽음을 정한다’
‘오늘은 나의 최후’

숨 노래

오, 대기大氣여 바람이 밀려오고 꽃이 열리는 건 권력이 아니라오.
들숨 날숨 기압의 차이로
사계四季가 흐르는 깊은 허공에 빠지지 않겠는가?

입맞춤보다 진한 숨 나누기를 하며
눈 감으면 밀려오는 둥근 허밍이 번지는

대기의 향기를 맛보아 알겠는가?
당신의 숭고한 음의 빛깔들 머금고

삶의 한순간 사랑에 취하여 콧노래 흥얼거림은
세상으로 하나가 되려는 것이라오.

너에게 나에게 그 이상의 의미로 공존에 빠진
무형의 한 덩어리가 되려는 것이라오.

이 거룩한 허밍으로 인류人類의 노래를 노래하지 않겠는가?

이게 다입니다*

빈칸에 조금 숙여서 나는 무직이라 썼다.
나는 자정을 넘기는 무직의 일을 한다.
아무 시에 깨고 아무 시에 자고 무던한 무직을 지키는

퍼즐에 엎드려
청색 대문 열고 청색 들판 청색 눈보라
당신이 머무는 청색 나라로 달릴 때
'살아 있으라' 청색 음성을 들으며 멀리 끈을 놓는 빈손

자고 나면 목이 자라고 키가 자란다.
자고 나면 하늘에 닿는 아파트
당신에게 다다르는 숫자들 거리가 자란다.

무직에 있는 나를 키 큰 아침으로 불러
손바닥 그의 평지로 기울게 한다.

사람들은 다른 저녁 다른 밤으로 가고
나는 당신과 함께 비어 가고

마지막 빈칸에 '자유'라 썼다가 '침묵'이라 썼다가

무직에 머무르는 나

* 마르그리트 뒤라스.

누구를 위하여 종은 울리나

내전 중이다.

심장은 뛰고 울음 참아 내고 웃음을 변명하고 이해하고 설득하고 밤새도록 흐르는

풀이 자랐다 풀은 자란다 내 안의 강 누가 보는가
찢긴 어깻죽지 찢긴 울음 어둠의 내전을

누구를 위하여 깊은 별들은 명멸하는가
누구를 위하여 우주는 평평해지고 팽창하고 수축하고 있는가
무한히 멀어지고 있는가?

누구를 위하여 고뇌하며 취하는 배반의 문장들
부호들 언더라인 고딕체는
쌓인 책 더미에서 숨죽이며 살아지는 건가 죽어지는 건가

삶은 영원성의 전통을 가지고 있다.
하천에 맴도는 하루살이는 영원을 산다.
펄럭이는 옷자락 누구를 위한 깃발인가
눈썹을 그리며 아침을 삼키며 철갑을 입으며 분노하는가

>

하룻밤에 강물 1미터 차오르면 1미터 자라는 풀의 기록을 보며
밤마다 통제할 수 없이 자라나는 내 안의 풀

종은 울리고—,
새벽은 다가오고—,
그래서 사랑의 내전은 격렬하다.

제2부

민들레 우주

사랑이나 그리움은 추상이다.

잠든 당신을 마주 보는데 당신의 낙원에는 아픔도 고요한 웃음인가

어제는 별일 없음 어제의 어제도 같은 내용에 햇살은 직진이다.

아침을 입고 달려가는 도시나 들판의 길도 여전하므로

오늘도 길 잃지 않고 돌아오기를 이방의 서글픈 저녁이 와도

민들레 우주가 단단히 방향을 당길 때

우리는 어느 바람에 서서 휘날릴지,

입김으로 태양 한 바퀴 돌아와서 남은 아침을 시작할지,

추락합시다

조간신문 경제면에 금괴가 눈에 들어온다.

대공황이 옵니다.
1929년을 아십니까?
거슬러 계산하니 올해 그 공포가 올 시기입니다.
실물을 비축하세요,
자산을 분할하세요.
황금이 보험입니다.
손에 들었어도 내 것 안 될지 모릅니다.
폐지가 될지도 모를 지전紙錢입니다.
육류를 냉동 보관하세요.
비타민을 비축하세요,
생수를 가족사진을 손전등과 나침판과

백팩에 다 넣을 수 있을까?

유지되겠지 기대하지 마라 곧 실망할 것이다.
1929년이 보여 주었다.
품위 유지에 투자하지 말아야
시간을 죽여야 시간을 죽이지 못하면 절벽이다.

>

내일을 비축하지 못한 제군들이여,
분할할 자산이 없는 제군들이여, 추락합시다.
금괴보다 무형의 자산이 흐르는 무위로 갑시다.

그대 그림자 사랑과 신뢰가 자랍니다.

생각이 범추는 그리움이 아득한 지금이 대공황입니다.

먹이 한 점 끌고 개미가 개미집 아래로 내려간다.
쥐라기 백악기에 번성했던 공룡의 종이 멸종되었는데
홀로세에 번성했던 인류의 종도 사라질 순위에 놓였는데

개미가 지구에서 노동을 한다.
오르지 않는 개미는 추락하지 않는 개미다.
인류의 부스러기가 사라질 때까지 개미다.

내일이 올 때까지
—pandemic

환희에 취하여 깨어나지 못하는가?
자전과 공전의 질서를 깨뜨렸나,

슬픔을 이기지 못하여 무너진 몸
이 또한 속히 지나가지 않는 지상에서

시간을 자르며 공기를 만들어 산다.

새벽부터 완전한 각도로
시간 죽이기에 바쁘다.
하루를 생으로 지나갈 수 없는 멍치는 더 푸르러지고

집으로 출근하는 시대.

출근 정지 명령에 달리다 멈추는 시대.

앞이 보이지 않는 미지의 시대 지금은
살아야 한다. 너를 보호해야 한다, 내일이 올 때까지

사방에 걸린 목적 잃은 퇴색한 의상들 모자들 구두 속으로

때론 정지해야 한다.

주변이 너의 공기가 될 때까지 내일이 되어 흐를 때까지

다시 바벨탑

블루진이 역병처럼 세계로 퍼졌다. 유행에 둔감한 나는 대유행에 합류하지 않으려고 버티다 블루진 밖으로 불쑥 튀어나온 무릎뼈를 보았다.

무차별 총 맞은 블루진
거리를 쓸고 다니는 나팔 바지 스킨 바지
급소마다 칼 맞은 블루진
터지고 낡은 실밥 늘어진 헐벗은 청바지

국경 없는 수프를 저으며
제한 없이 넘나드는 색채로
날아오르는 빌보드 핫 100 차트 1위 "삶은 계속돼요" 환호작약이 세계로 하나다.

태양이 하나던가 언어가 하나 되려나 블루진으로 하나 된 지구
별 하나의 독재가 하늘을 찌르는

사람이 神이 되었다. 바벨탑 이유로
블루진을 능가한 바이러스 이유로

정지된 풍경, 흑백 시대 유솜(USOM) 구호품을 배급받던 줄처럼

여긴 마스크 두 개 사려고 새벽 줄에 섰는데
거기선 "빵 두 개, 우유 두 개, 달걀 딱 두 개씩만 파는 줄에 서서 기다린다고"

나는 현관 앞에 놓고 간 물고기와 생필품 박스를 들이며
비대면 언어를 잃는다.
땅의 언어를 다시 흩으시려는가
사랑을 절제시키시려는가
단절된 우리의 삶은 계속되려나

더 가난한 노래
—gentrification

유빙이 살아 있다. 내가 받은 유산이다.
조상을 거슬러 부유하다 부유한 자의 이름을 찾을 수 없는
가난을 대물림받은 지상의 곳

이 도심 동네는 이미 떠난 상인들과 떠나려는 상인들뿐이다.
권리금만 챙기면 떠나려는 마음뿐이다.

너만 오면 떠나겠다. 너라는 이유는 도대체 오지 않아
낡은 뼈 앉았다 일어났다 부레의 시간
이 도심 동네는 이웃이 없는 공실 상태라
동병상련 위무할 옆이 없어 더욱 휘어진다.

기력만 챙기면 떠나겠다. 권리금이 반에서 또 반으로
줄어든 몸 심실마다 떠오르려 한다. 기력도 공실 상태
떠오를 시간이 차오르는데

가난한 자는 더 가난한 노래를
기다리는 자는 더 기다리게 하는 오만함을
처음부터 빈 거리였던 이 동네

얼기설기 가난을 걸머지고 하루에도 골백번 떠난다.

삶의 반대 지역

그만 손 놓으세요.
그만 가슴 접으세요.

달려온 터널이 끝인가

출구 없는 몸 손과 발 다 접었지만
아직 호흡이 남아 있는데
어느 구름에 비가 어느 구름에 한이 스몄는지
어느 손에 풍요가 들고 어느 빛이 질서를 세우는지
하루는 무거운 어깨 하루는 가벼운 시소의 나날

노을 흐르는 강물에
기관 없는 마음 내려놓기란 몸에 밴 인생을 잃는 것
너를 잃고 나를 잃으며 가는
삶의 반대 지역이라

어찌 빈손에 빈손을 얹을까
흐르는 마음 흐르는 공功이 공空으로 가 닿을라

꿈틀거리던 벌레 시절 지나고 나방이 나온다.

사물이 정물이다

보이는 것을 지난다. 보이지 않는 것을 지나간다,

붉은 신호 비무장지대를 총알처럼 건너는 사물

눈 오는 날 먼 약속을 기다리다 희어져 가는 사물

서울역 시계탑 아래 한바탕 소음 지나가는데
키득대는 키 큰 청년 자기 머리를 쓰다듬다가
자기 몸을 어루만지다가 아득히 자기 안에 갇힌 사물

종일 기다리기만 하는 대합실 벤치는 점점 깊어진다.

'잠시 여기서 기다려요'를 벗어나
무 배추 파가 실린 카트를 붙잡고 벽에 붙은 사물

'꼭 여기서 기다려요' 휴게소 화장실 앞에서 사라진 사물

신문지 덮고 잠자는 지하도의 검은 사물을 지키는 늙은 가방

폴 세잔의 과일 금빛 정물을 지나간다.

>

목욕하는 사람들 붉은 몸을 지나간다.

카드놀이 사람들 검은 파이프 자화상의 시선을 지나간다.

도심의 시선 루브르 바람이 지나간다.

자음 모음이여

해 저무는데 아직도 뜨개질이구려
한 코 한 코 그 온도 누구의 것인가

낙엽이 열매를 낳고 덩굴은 밤을 오르고
끈적이는 관능 저버린 문장에 칼질 비평이 들리는가

빈 그릇 덜그럭거리는 그곳에서 떨쳐 나오게
진창에 빠진 수레는 거기 있으라 명하게

그대를 빌어 구차함을 감추려는 것이네
그대 흉곽으로 간신히 서 있는 얼굴들

사물에게 영혼까지 빼앗기지 마시게
무게를 달 수 없는 노동의 밥
자음 모음이 충돌한 일생의 서사를

어디쯤 가고 있는가
모든 날은 어두워 온다.

>

자모의 강물 발목에서 허리로 목에 차오르는데

붉은 절규는 깊어지는데 강물엔 노을뿐이다.

사랑을 인因하여

인류가 질주하오 각각 질주하오
(적당한 골목을 뚫어 각각 질주하오)

시선을 뚫어 어둠을 뚫어 인파 속으로
(길은 자꾸 열리오)
(인파는 자꾸 커지오)

열중하는 사람과 열중하지 않는 사람이 모였소

제1의 사람이 죽은 자 같소
제2의 사람이 죽으려 하는 자 같소
제3의 사람이 사라져 버린 자 같소
제4의 사람이 본향으로 머리를 둔 자 같소
제5의 사람이 내려가는 자 같소
제6의 사람이 펜이 없는 자 같소
제7의 사람은 눈이 먼 자 같소
제8의 사람은 하염없이 기다리는 자 같소
제9의 사람은 지문이 없으니 이름이나 번호가 없는 자요
제10의 사람은 자기 가슴을 가리키는 자요
제11의 사람은 너덜너덜 해진 자요

제12의 사람은 텅텅 빈자貧者요

그중의 열한 사람 열심히 사랑하는 자요
그중의 열한 사람 열심히 달려가는 자요

12인의 죽음을 무릎으로 대신하기는 어렵소
12인의 사람은 가슴이 있는 자 가슴이 뚫린 자 그렇게 뿐이 모였소
12인의 사람은 죽은 자 죽어 가는 자 그렇게 뿐이요

사랑을 인하여
(막다른 골목 좁디좁은 골목이 괜찮소)
(거리로 질주하지 않아도 괜찮소)

몰락에서 먼 자와 몰락에 다다른 자 그렇게 뿐이요
인류가 달리오 온몸 버둥거리며 달리오
제각각 사랑을 인因하여 달리오

(길은 좁은 길 오직 한 길을 달리오)

코카콜라를 샀는데 세븐업 뚜껑이다

뚜껑을 열고 음료를 마시니 내용은 환타다.
여기서는 병이 코카콜라면 다 코카콜라.

나는 떠돌이라

어제를 소모하고 오늘을 소모하고
시시한 구경을 하면서 시시덕거리면서 시시해 빠진
별별 시시한 웃음, 시시한 걸음, 시시한 하늘, 땅, 사람, 한 번 흘려 보고
더 시시한 저녁, 시시한 시, 시시한 만족감에 든 떠돌이
한 번도 주목받지 않고 사는데 비끼듯 지는 해 이글거림과 맞닿았다.
순간 석양에 조명된 나는 시시한 해후, 그리고 걷는 떠돌이

세븐업 뚜껑 코카콜라 병에
재활용 인생 변질된 사랑 변형된 나를
바람 불면 바람에 불려 가듯
환타 같은 노을 같은 노곤함으로
오늘은 멈추어 선다. 나무 아래 쉬려고

기어코

사방이 나를 만든다.

만들어 나온다.

가만히 굴러도 촘촘하게
기어코 벽을 열어 둔 것이다.

둥근 뿌리 머리까지 앞뒤까지

나를 단단하게 비틀어
사방 벽을 움직이는 어제오늘 장벽으로

수직으로
수평을 세운다. 사방을 두른 사방의 시선으로

기어코

사방이 나를 만들어 나온다.

엑소더스

神이 없다면, 그렇게 하리라

'가까이 오지 마라'
있으라, 한 빛이 없겠다.
빛이 없으면 아무런 파동이 없으니 대공황 약육강식이 없겠다.

'네가 선 곳은 거룩한 땅이니'
제국에는 노동이 없겠고
두려운 왕의 눈빛이 없겠고

神이 없다면,
'네 발에서 신을 벗으라' 할 명령이 없겠다.
불꽃에 타오르는 음성이 없으니
따르는 물결이 없겠다.

즐비한 차량으로 도시를 막으니 통곡의 벽이 없겠다.
너와 나의 우주 골목이 없겠다.

원자 양자 전자 우리의 입자들

우그러짐 휘어짐 명령이 없으니 충돌일지
팽창일지 생성 이전으로 가는 우주
혼돈에는 길이 없겠다. 검은 미아들
서로가 없겠고 있음이 없겠고 현재나 미래나 허공이
없고 없으니 숨 쉴 수 있는 모든 것이 아니니

부정이 가득한 어둠에서
당신에게로 태초로 가리라.

사랑

시간과 공간의 우그러짐이 거대한 너를 스쳐 지날 때
얽혀 있는 가지들 자르지 못하는 혈관으로 이루어지는 몸

대우주 사건을
우리는 침묵할 줄 알아야 한다.
우리는 대화할 줄 알아야 한다.

촘촘히 별 심길 때 들이고 내쉬는 마지막 호흡으로

너와 도달할 수 있는 곳까지

우주는 무한하지 않다. 우주는 경계 없는 곡선 우주라
시간과 공간의 유한성으로 시공은 왜곡되지 않는다.
우리의 혈과 혈은 분류되지 않는다.

내가 없는 면적 내가 없는 누계는 모두 무효라
사랑을 잃은 바깥에는 아무것도 없는 망망 대우주 공간
뿐이라

억년의 빛을 따라

그 길 휘어 간 너의 신체 곡선에 흐르는
아득한 계곡과 아득한 돌출 그리고 출렁이는 파도

희미한 푸른 점 하나* 은하 사이로 타들어 간다.
푸른 밤 우리 그리움의 속도로

* 칼 세이건 『Pale Blue Dot』.

우리

다른 각도에서 살아온 너와 친근해진다.
함께 살고자 함께 죽으려는 너와 나

파도가 오면 함께 파도를 타고
네가 절규하면 우리 전부 절규하고
네가 하얀 얼굴이면 우리 하얀 얼굴을 쓴다.
네가 웃음이면 웃음을 쓰는 우리

침묵의 광란을 따라 우리는 매일 가득하다.
중얼중얼 항변도 못 한 채 움푹움푹 갈앉으며
우리는 우리가 되어

도취된 합창은 사라지고
도취된 합창은 사라지고

멀리 가로등 시선으로 자주 겹쳐지다가
커지다가 사라지는 검은 무리
매일 등장하는 수많은 너와 너 나와 나

함께 살고자 함께

사각지대에 서서 슬프게 웃는 얼굴들
미욱한 얼굴들

주소 없는 바다

아무리 주시해도 아무것도 보이지 않는 수평선

너는 짐을 버리고 경륜을 버리고 항로를 바꾸라
그리고 너는 수심에 못 박지 마라
밀려오는 새벽의 파도를 감당하겠는가
죽음은 영이므로 푸름에 빠질 수 없는 공허

가도 가도 그 골목 그 바닥에서
너는 너의 어둠과 동침했을 뿐
다 비워진 몸 흔들리는 너는
너를 떠나지 않는 불편에 도달했다.

네 이름에
한 번 더 살아 보아라,

(속된 것 부패된 것 두려운 것 용납하기 어려운 것)
이것들을 먹으면
잡다함을 먹으면 아무 악이 당도치 않을 것이다.

그때는 죽을 수 있다. 죽음이 죽음을 죽이므로

감당해 보는 것이다. 한번 시도해 보는 것이다.

주소를 보내라. 나를 살린 책을 보내리라.

수평선이 오르기까지 마지막으로 선택하라.

제3부

Where is everybody?

바닥이 흔들, 배고픈 진동이 매달려 온다.
땅이 갈라지기 전에 지상의 곡예를 보았다.

샹들리에가 규칙을 벗어나기 시작했다.
호수 물의 뿌리가 흔들리는가 보다.
초고층에 모자람이 있어 흔들리는 몸
흔들리다 무너진 벽이 날아난다. 먼 지싱이 부실한데
보폭이 모자라 새벽을 이어도 모자라
가난한 지상의 놀이 천국 놀이가 모자란다.

손등 혈관이 기어오르고 빈집 밖으로 기어 나가고
책상 아래 놀이가 모자라는 중이라
보이지 않는다. '다들 어디 있는가'

시간 밖으로 더 멀리

책장 뒤 커튼 휘감아 맴돌자 캄캄한 우주,
절대를 벗어난 우주, 지평선이 흐르는 은하의 곳으로

노아 방주는 아라랏 山에, 우린 남극 빙하에 잠들어 있자

>

처처에 흔들리는 가만히 서 있어도 나가는 우주 회전문

흔들리는 아스팔트 술에 취하지 않았노라.

인류세의 흐름으로

가 본 적 없는 층으로 나아가고 있노라.

이 지상의 곡예를 끝내기 위해

낮달

누가 본다 버거운 내 슬픔을
흔들거리는 손잡이에 매달려서
흔들거리는 다리를 건너며
우물에 빠진 당신을 볼 수 없어
조마조마 피어오르는 붉은 칸나

꽃을 피우면 뭘 하나
꽃잎 한 장 허허 날리우다
수면에 앉으면 한평생인 걸

그 바람에 오르다 나도 모르게 떨어질 걸

괜히 왔다 가누나*

하루 내내 동행한 나를 처음 보듯
언제 왔소? 댁이 어디요? 하는
기억 잃은 낮달, 오늘 당신 기력이 희다.

* 중광重光.

파란줄제비나비
—데칼코마니

그와 거리를 측정한다.
허물면 얻지 못하는 가슴으로 시시로 그를 바라보며
그의 변화를 그의 변화 없음을 바라보며

당신은 검다 푸르다 희다 높다.

모든 태양이 그곳에 떠올라
집과 길 아침과 저녁을 접었다 펼치는 나비
펼친 가슴은 금속성 파란줄제비나비
입술 겹치고 한 줄기 불길인데

[방향을 얻기 위해] 시시로 그를 바라본다.
거리가 사라지면 거리를 열고
황혼이라 밤이라 대롱사랑을 하며
사방이 오기를 기다린다.

나는 새벽을 만들고
터전을 창조하느라
반전에 반전을 더한 [나의 방식 나의 그림]으로
구차해 보이지 않으려고 눈 감는 순간

>

높은 파도에 오르며 밀리며

시시로 그에게 닿는가 보다.

그의 쟁쟁한 시대가 열리나 보다.

검다 푸르다 희다 못해 파르르 날아오르는 파란줄제비나비

렌즈 없는 뿔테 안경

고개를 들면 곧장 드높은 공간으로 간다.
빌딩을 넘어 오존층 넘어 다른 곡선의 빛이
어긋난 순간을 모아서 눈 감고 싶었던 순간을 모아서

아무것도 바라지 않는 허공에
입김 불어 닦으면 그곳이 보이겠다.
무엇을 걸어야 허공이 숨 쉬려나
새들 날아가는 열린 창가에
나무를 걸어 놓고 모자를 걸어 놓고

나는 우두커니
아무것도 하지 않기가 불안이다.
너의 우묵한 곁을 오래도록
조금씩 누리고 싶을 때

허공 렌즈를 쓰고

파랑 깊은 강가에 줄지어 흐르는 새들의 생 풍경을 향해 활보한다.

>

잘 보이지 않는 당신

뿔테 안경 썼다 벗었다 하는 저녁

이 교수와 가방

아침저녁 견고한 각도로 그의 사상이 걷는다.
그의 시간 초침만큼 정확히
그의 형식을 따라 그의 책가방은
얇은 허공 공중 걸음 하는데

왼쪽 무릎 곁에서 떠나지 않는 낡은 추
그의 넋이 겨드랑이에 붙인 팔과 팔목에서
한 뼘도 안 되게 뒤로 또는 앞으로
사라졌다 나타나는 그의 검은 가방

아침에 꿈꾸며 가던 길을 저녁에
저녁에 돌아올 길을 아침에 또 간다.
흔들, 가방이 가고 가방이 온다.

사상이 사라질까
의식이 사라질까
구름 밟는 걸음으로
셔츠 소매 끝 단추는 늘 열린 그대로

가방 따라가는 인생길

어제 그 길이 사라질 줄 모르고
돌아올 길 습관이 간다.

어제 갔으니 오늘 오시려나
낡은 가방을 보고 철학자냐고 물은 택시 기사 이야기로
히아신스처럼 웃던 주름진 선생님

3악장 백색 소나타*

연주 중입니다.

백색 굉음은 백색소음 악보대로
하얀 빛의 소란들

무음 따라 무대를 향해 둥글어지는 무無 자세들
흔들거림 부스럭거림 기침 소리 거친 숨소리 그침이 없는
공간은 기다림과 소리로 채워지는 게 분명하다.

해도 달도 모르는 우리는 이곳 사람이 아닌
'삶의 전쟁에서 지고 죽음의 전투에서 지고'
대상이 누구든지 지는 형식으로 지는 악보대로

TACET (조용히)
1악장 33초
2악장 2분 40초
3악장 1분 20초

객석의 소음 그대로 생명의 리듬을 연주한다.

>

백색 굉음의 변주는 멀리서 달려온 빛의 일생,

고요와 소란과 시간은 공간을 공유한 호흡,

그치지 않는 객석, 연주 중입니다.

공간은 잠시 차용 중인 것이요.

우리는 무아로 무아無我가 될 것이요.

지휘자는 조용히 기다리는 지휘 중인 것이요.

* 존 케이지의 「4' 33"」를 차용함.

아무도 아닌 자

이 시대 바람에 대하여 아무도 말하지 않았다.
온몸 에워싸는 파란은 파란대로 서로 논하지 않았다.
아무도 아닌 자이므로
북서풍에 있는 우리의 활공에는 질량과 중력이 허락되지 않았다.

부리를 한 방향으로
노을을 휘감아 수많은 시선 앞에 엎드리게 했다.
갯벌 먹이에 엎드리게 했다.

우리는 우리 가까이 우리 멀리
대오를 짜고 선두를 짜고 결의에 찼으나
우리의 이름은 아무도 듣지 않는다. 만지지 않는다.
아무도 아닌 자이므로

해가 저물어도 붉은 언어
셀 수 없는 영혼처럼 불의 혀처럼 날아오르는
울음이나 희망이 순식간에 타오르는 오로라처럼

이 시대 바람에 대항하여 우리는 날고 있는가

다시 모진 북서풍에 있어도 당신을 향할 것이다.

오직 당신 호흡에 있으므로
우리의 배경에 있으므로
우리는 아무도 아닌 자이므로

아무도 없을 때

그러므로 enter 한다.

망망대해 사방을 지키는 정오 정적으로

백지에 베인 손가락으로 들어 올린 하늘은 거기 있는지

헐벗은 바람과 잠든 태양을 향해

아무도 없어서 자꾸 열리는 꽃 아무도 없어서 접히는 꽃

몸에 가득한 무인도

전파에 말하고 전파에 듣고 전파에 기대는

고립을 enter 한다. 커피 한 잔 망망대해에 떠 있는 섬

나를 분석하고 나를 착취하는 enter

국경이 무너져 온몸 튀어 오르는 자유

>

나신으로 박꽃처럼 월광을 덧입고

전쟁을 쉬어 가는 날을 enter 한다.

벌레

죄인罪人이다.
모로 누워 흐르는 나는 움직일 때마다 돌아오는 기억이
(둘이었다가 열이었다가 열아홉과 살고 그리마로 살고)

옛날이 늘 곁에 서 있는
수시로 나타났다 사라지는
벽으로 사라지고 거울로 사라지는
얼굴이 사라지는 공간에서 왼쪽 모로 누워 가는 인생

세상의 일부가 되어 푸른 물에 씻겨 흐르다가
푸른 별빛 아래서 탈바꿈하다가

이름이 없는 비범이 없는 나는

거리에 엎드린 해를 멈추게 하는
휘영청 달을 머물게 하는
산에 그늘을 드리우는 그대의
무한한 둥근 빛을 안으며
체온을 전달하는 기억의 회로를 돌아

>

다 가 버린 후에
다 타 버린 후에 여전히 그리움이 되어
나타났다 사라지는 얼굴이 되어

'오른쪽으로 40일
다시 왼쪽으로 390일' 모로 누워 그대를 기억하는
세상의 일부가 되어 그대 앞에 벌레가 되어
발자국 많은 그리마가 되어

백야

기껏 거기서 거기까지
사랑의 음표가 끝이라
지렁이처럼 어슬렁 걷는다.
투명 우산을 쓰고
과거를 헐렁헐렁 비워 내는 걸음으로

버스 정거장을 지나고
가로수 침묵을 지나고

그리고 무심히
무심히 나는 TV를 보았고 혼자 뜨거운 국을 먹었고
아무 이름이 생각나지 않는
아무 소리 들리지 않는 TV 환호를 보았다.

부동산 유리창 고딕체 집값이 오르고
내가 모르는 풋풋한 세대가 장악하고
채식주의자 같은 바람이 한바탕 지나갔다.

LED 백야

그림자 없는 춤을 추며 대상 없는 포옹으로

시간과 사랑의 권한을 춤추는 여기까지

좋은 일

열 가지는 아니고 한 가지만
좋은 일이 생겼으면 좋겠다.
정말 좋은 일이 생기면 그때는 용서하겠지
그때는 감사하겠지 미움이 생각나지 않도록
분노가 일어나지 않도록 강물이 명경 같은 날
숨도 쉴 수 없는 정적의 날

아, 비 오는 날
뛰지 않고 추적추적 비를 맞고 걸어가는 뒷모습이 쓸쓸한 날

한 가지 좋은 일이 있었으면 좋겠다.

아기가 태어나던 날 다시 두꺼운 너를 완독한 날
울릉도 전호 나물이 도착한 날
하얀 무명 새 두 마리 선물받던 날
노랑나비를 처음 본 봄날,

첫 시집이 나오던 날 세상을 다 용서했다.
그리고 너를 찾아간 날

>

오늘, 좋은 일이 당신에게 생겼으면 좋겠다.

당신이 한 번 더 웃었으면 좋겠다.

마음이 아파도 울지 않는 당신 배고프지 않은 당신

오지 않는 사람 보고픈 허상과 대화하는 당신

혼死

혼자 서 있는 줄이다.
아는 이 없어 혼자 거니는 도시
혼자 여행 혼자 기쁨에 들뜬 영혼도 혼자
회당에서도 광장에서도 혼자 출연 중이다.

무인도를 짓는 위대한 쾌락감 혼자의 우월감

누군가 우는데 섞이지 않는다.
누군가 떠나가는 길 발자국 방향이 다르므로
그는 그의 길을 걷는다. 거미줄 없는 공중 거리
간헐적 지상의 시간을 받아들이는

그는 언제까지 혼밥이요 혼술이요 혼잠이다.

혼자의 넉넉함 깨어지지 않는 성에서
화강암 가슴으로 부르는 노래는 죽음에 이르는 노래는

재가 되어 섞인다. 타고 남은 열등한 모든 것들이
기어코 대양과 대륙에 실려 가는 바람이여 티끌이여

>

인류세를 밀어내는 고립이여 혼死여

천하의 모놀로그 그대 결국 혼자 가는가

75억 + 1

그가 인류를 만들었다.

인류가 그를 만든다.

가냘픈 기도 하나하나 들여다보는

75억 세계인의 그
75억 울긋불긋 만국인의 그
75억 요청에 응하는 그

비, 바람, 밤과 낮을, 요청하는 대로 허락하시느라
칼과 펜과 수탉의 울음을 슬기로움을, 요청하는 대로
사치가 만든 빈곤의 얼굴, 허락하시고

착각의 인생들
다 타 버린 한 줌 속죄의 날 재의 날

빈곤으로 만들어진 그
갓을 쓴 갓
금발의 갓

자기 닮은 갓

비대한 그 손안에 갓

검은 갓

마음 마음에 갇혀 있는 수감의 갓

……

홀로 계신 하나님

사랑하는 인류 으름장에 가여운 나의 하나님

사랑의 순도

375그램은 좀처럼 늘지도 줄지도 않았다.
순도 999.99가 박혀 있는 무게를
손바닥에 올려놓고 빛의 각을 재어 보며

너로 말미암은 나의 미래를 저울질할 때
오늘 너의 가벼움은 나의 초췌함 때문인가

375그램 너의 진실을 벗어나질 못해
너를 벗어날 수 없는 두려움이 생겼지
힘이 빠질 때 네 체온은 힘이 되었으니까
진실을 느꼈으니까

누구에게나 있는 자산 가난의 무게가 시작이었지
너로 말미암아 나로 말미암아

쌓여 있는 책 맨 아래
쌓여 있는 A4 맨 아래
성경책을 파고 들앉은 〈쇼생크 탈출〉의 망치처럼

거둘 곳이 없으므로

내 안색으로 너를 숨길 수가 없으므로
죽어 있으라 엎디어 있으라 명하다

가끔 네 등에 기댄 나의 안식은
지나온 시간의 빛이여 찬란한 결핍의 순도여

마이너스 1

나의 죽음은 세계로부터 마이너스 1

차마 살아 있는 나는 세계에 플러스 1일까?

'봄부터 소쩍새는 그렇게 울었고
천둥은 먹구름 속에서 또 그렇게 울었다'

플러스 1을 위하여 지상을 넘나드는 바람에 있었다.

플러스 1이 아니어도 마이너스 1로도 넉넉한

마이너스 1을 위하여 나의 소멸을 위하여

무서리가 내린 밤으로부터

과거에서 미래로부터 마이너스의 축복을

사라져 비어지는 가득함을 하마터면 놓칠 뻔했다.

제4부

詩人은 시신을 가지고

사각 아래, 사각 위에, 사각 옆에, 사각 사각

사각 사각 커진 몸 사각을 나갈 수 없다.
사각에 끼여 본다. 날개를 늘어뜨리고 죽어 본다.
안도 아니고 바깥도 아닌 사각에 붙어 사각에 사투를 걸고
시선을 끌어 본다.

자유냐 억압이냐 사각 사각 씹어 보기도 맨몸 디밀어 보기도
나를 받아들이지 않는 공활한 밖, 다시는 갇히지 않을 결심이 선다.

만만찮은 사각에서 빠져나가려는 욕망이
사각에 먼 물체 생과 사 중심에서
시신을 몇 가진 벌레가 산다.

2021
—떨어지는 순간의 좌표들

어떤 환호가 어떤 폭우가 쏟아질지 어떤 폭설
무슨 모함이 어떤 얼굴들이 다가올지

행복한 눈물, 그런 상처가 있기를 바랍니다.
어리숙한 몰락, 그런 행운이 다다르기를 바랍니다.

모자 벗어 버리고 깨우치기를
아픔이 기도 아픔이 통로입니다.

실패가 되어 부족함을 깨닫기를
나의 계획이 무너지기를
당신의 계획이 세워져 가기를 바랍니다.
나의 기준으로 이해되지 않기를
당신께 영원히 귀속되기를

내가 무너져야 그가 움직이리
모든 줄 끊어져야 당신 줄을 잡으리
당신을 찬양하다 나를 찬양하는 나를 용서치 않고
심판대에 서면 그는 그의 형상만을 용서하리

>

통곡의 벽이 모자랍니다.

푸름이 내려오다가 잿빛입니다.

하찮은 모든 것 개의치 않을 모든 것

그것 거기 있고 저것 저기 있는 세상

다시 살아나지 않게 하소서

즉각 즉각 죽게 하소서 즐거운 몰락으로

오직 당신의 좌표 따라 이동합니다.

QR코드 스캔

애벌레 모양으로 시들어 구르는
우리 고통을 보시나이까 극복을 보시나이까
QR코드에 박힌 우리 모습
먼저 나를 돌아보겠나이다.

보이지 않아도 이루어지지 않아도
우리의 간절함을 아시는 분이므로
삶의 목적을 아시는 분이므로

우리 환경주의가 어렵습니다. 처한 상황이 어렵습니다.
기도대로 살아가게 하소서 무의식 중얼거림까지
오염되지 않게 하소서.

본질을 잃었던 우리의 욕망을 스캔합니다.
생의 불순물들 다 태워 정산케 하소서.

미움의 결 분노의 결이 사라지게 하소서.
복수가 가可하나 응징이 가可하나!
절제의 힘으로 나로 나에게 지지 않게 하소서.

>

내 의지를 꺾을 수 있는 용기를
모든 병을 이길 수 있는 면역보다
관계를 해치는 인人들에 대한 면역을 주소서.

피투被投된 인생 간구를 허락하소서.

불규칙한 우리의 정보를 다 드리리이다.

칠칠 49 팔팔 64 구구 81

스스로 속이지 말라 무엇을 심든지 그대로 거두리라……,
하늘에 계신 우리 아버지……,
사랑은 언제나 오래 참고 사랑은 언제나 온유하며……,
암송 못하면 꼴찌로 먹어야 한다.

오등은 자에 아 조선의 독립국임과 조선인의 자주민임을 선언하노라.
좔좔 흐르지 않으면 남아야 한다.

달달 외우고 외워도 시간이 모자라 어둠에 남아 있던 얼굴들

차로써 세계만방에 고하야 인류 평등의 대의를 극명하며 차로써 자손만대에
고하야 민족자존의 정권을 영유케 하노라.

하늘이 찍어 내고 땅이 찍어 낸 인형
모형이 되어 가는 심심한 세모 네모 별별 모형으로
찍어 내는 설탕 뽑기 틀에 빙 둘렀던 아이들
뒤집는 풀빵 틀 가장자리로 빙 둘렀던 우리들
웃기만 하던 가난한 얼굴이 없다.

>

채널마다 같은 중계 같은 뉴스
개별성 없는 폭력 아래 서 있는
처음과 나중을 극복하려는 우리들

훈육 교사 아래 교복 입은 삼천 명은 같다.
히틀러 아래 모든 유태인은 같다.

인형의 옷을 입고
인형의 집 인형의 미소를 지으며

칼 아래 나란히
나란히 목을 내민 열 마리 꽁치는 살아남으려 하지 않고
싱싱하다.

분홍 입술

두 편 원고료가 며칠 생활이 되겠나
어머니 검은 어금니를 금니로 바꿔 드려야 할 텐데
기다림에 지루한 어머니는 가셨다.

개들이 멍한 각도로 내 표정을 바라보는 건
하늘이 먼 이유에서인가
약발 없어 물렁해진 무릎으로
어제 기도가 오늘 애잔함으로
안을 들여다보면 언제나 포근한 불빛인데
아무도 오지 않는 빈집에서

문을 열면 칼바람 겨우 도망한
나뭇가지 끝에 가마우지 되어
구름이 되어 오늘의 비가 되어
밤잠 버리고 세상 등지고 식음 전폐한 진액의
시 두 편을 마셔 버린 분홍 입술 자국

생활이 모두 허수라도 잔고가 허수라도
밤이면 자모를 뽑아 가슴에 식자한다.

줌 인

금빛 은빛 갈색 머리에 가려서 겹겹이 싸여 있는 그녀를 까치발로 들고 있다. 그녀는 들려 있다. 눈들이 그녀의 궁에서 꺼낼 것이다. 그녀는 꺼내져 있다. 그녀를 당겨서 눈에 담아낸다. 들린 발 들린 턱 들린 좌우의 빈틈없는 시선이 그녀를 들고 있다. 그녀를 옮기고 있다. 그녀는 그들의 수위에 들려 있다. 그녀는 유리관에서 저항할 수 없는 여백 없음을 바라본다. 루브르에 간 나는 팔짱을 낀 침묵에 갇혀서 미완의 미소 모나리자* 후광을 당겼다.

* 모나리자: 레오나르도 다빈치 작, 1503년~1506년 제작, 유채 패널화 77×53cm, 루브르 미술관 소장.

은빛

멸치 국물에 국수 한 그릇 말아 먹고 소파에서 뉴스를 보던
그는 한 손에 이쑤시개를 들고 한 손에 TV 리모컨을 들고
잠이 들었다 가만히 리모컨과 이쑤시개를 손에서 내려놓고
얇은 담요 덮으며 등을 눕히고 발을 천천히 올린다.

음 소거한 TV를 보며 그가 쓰던 이쑤시개 반대편으로 내
가 사용하다
나도 졸음이 온다 어느 쪽이 내가 쓰던 쪽인가
나도 발을 올리고 등의자에 천천히 눕는다.

뇌동맥류

내 머릿속에 류가 오르고 있다 소리 없이 부풀었다 기억이 얇아져서 꼭꼭 숨겨 말아 쥐고 있던 바다 이야기가 피어나는 것이다 붉은 피 응어리가 시한폭탄으로 최악의 걸음으로 비밀의 류가 오르고 있다 굴리지 않아도 커 가는 저변 도시 어두운 포자들이 밤을 비추는 달무리에 피어나는 것이다 중력이 없는 류가 오르고 있다 금빛 정수리 마지막 숨꽃들이 투명해지려는 것이다 아무도 다가오지 않는 수뇌부의 경건 지대이다.

하회탈
—하루는 짧고 인생은 길다

음식을 나른 후 멀뚱히 서 있는 식당 직원들
[물은 셀프입니다]

아버지는 아버지가 셀프하세요.
거기가 어디라구 딥스? 깁스? 빕스?
왜 그렇게 못 알아들으세요. 그냥 됐어요.
어머니도 노후 준비하세요.
시대 따라 살아야죠.
현대는 셀프 시대입니다.

집을 사 줬는데 한번 와서 자라 하지 않는다.
차를 사 줬는데 차 한번 타라 하지 않는다.

극히 현대적인 시대 스스로 있어 온 자인 양 그의 계명처럼

귀에 불 못을 박는다.

운동하세요. 걸으세요. 즐겁게 사세요.
운동화 신기가 힘든데, 운동화 벗기가 힘든데,

>

즐거울 일이 있나 탁한 세상, TV도 신문도 안 본다.

셀프 부양하셔야 돼요.
시대 따라 살아야죠.

시대 따라 요양원에 사는 노부모
시대 따라 남은 재산 기부하는 노부모

노인이 웃는다,
벌거벗고 웃는다.

생일

우리 가족 네 명이 자리에 앉아 있다.
우리 가족 여섯은 한자리에 앉아야 한다.
우리 가족 열 명이 한자리에 다 앉았다.

풀밭에 신발을 벗어 놓고 가방을 밀어 놓고
한 평 돗자리에 올라앉아 가족을 이루어야 한다.

흩어져 있던 가족이 모이니 가슴이 저리다.
웃기도 하는 울기도 하는
싸우기도 하는 불편해하기도 하는
열 가족 생일을 기억하는 돗자리

가끔 얼굴을 바라본다.
우리의 한 평짜리 바닥에서

아이들은 어른이 되어 어른은 노인이 되어
한 평 은박 돗자리 추억으로 자란다. 수염이 자란다.
팔다리 어깨를 다 펼 수 없어 조금씩 쭈그리거나 접혀
져 있다가
풀밭으로 나간 발 얼른 거둬들인다. 가족 안으로

7월은 동해로 갈까 은박 돗자리에 나란히 누워서 일출을 기다리며
한낮의 태양을 가리며 우리 열 가족 사랑의 질서를 기다린다.
아들 생일을 기다린다.

단역

아무것도 모르는 걸음걸이
이것도 인생이라고
천천히 빨리 걷는다. 앞도 뒤도 모른 채
거기서 정지, 식물성 단역으로 명령대로
나 없는 나 나 아닌 나
그대는 나무 오른쪽 나인가 나무 왼쪽 나인가

“쓸데없는말로시간낭비하지말자구기회가생겼을때뭐라도하잔말야우리같은인간이필요할때가자주있는건아니거든솔직히말해서우리같은인간을개인적으로데려다쓸인간이어디에있겠어?이순간좋던싫던간에우리가곧인류전체야그러니더늦기전에사람노릇한번해보세!”

“내가자고있었나다른사람들은괴로워하고있는동안에?우리가나이를먹는동안은시간이있어공중에는우리의울음소리가가득차있고그러나습관이란위대한말살작용을한단말이야그는잠이든다계속자게하라”

“바다가둥그니지구가둥글다지구는자전을한다달은지구를중심으로돌고있다이런식으로분석을하기보단그자연현상

을발견하는것이중요하다천체물리학은천문학에서발표된자료들을가지고왜그렇게되는걸까라는의문을가지는것이다왜어디서무엇이어떻게그렇게되는건지?"*

오는 자를 기다리는가 오지 않는 자를 기다리는가
내일을 향하여 손으로 가린 하늘을 향하여
기다리는 내가 아무것도 모르는 내가 없는 내가 있는 거다.

* 사무엘 베케트『고도를 기다리며』.

추기경 추도

손끝에서 음악이 흐르는 지휘자가 되고 싶은
마음을 그리는 시인이 되고 싶은
세발자전거를 사 오는 아버지가 되고 싶은 추기경

아가 이게 비다 아가 이게 흰 눈
이게 모차르트 이게 슈베르트야 아가
이게 모래 이게 풀이야 이건 봄 아지랑이란다

일생을 마칠 때 먼 소원을 돌아보던 추기경

먼 여행은 한 번만 하라던
다시 돌아오지 말라던
꿈꾸던 이상 그 이상의 이상이 되라고
말하던 그가 먼 길 먼저 가시네

갔던 길 달려오는 푸른 함박눈 내 입술에 닿은 그에게
얼마나 멀어서 다 녹아 버린 영혼이 되었는가

밤새워 집 짓는 아지랑이
집을 다 지으면 떠나 버리는 아지랑이

노랑눈썹솔새

날며
날며
돌아갈 곳 있는가.

포식자를 피해서
하늘길 찢으며 하늘길 물으며
사노라는데 바람이라 한다.

정착이 버거운 몸
저미는 그리움으로
비상하는 절규를 노래라 한다.

기류에 흐르는 노을에 흐르는 6g
그리 극한인가 내 무게
기록할 수 없는 내 인생을 한 점 먼지라 한다.

'우물쭈물하다가 내 이럴 줄 알았어'

수도가 비어진다. 수도에서 수도권으로 점점 내려가는 이동 좌표
경제 경계가 흐른다.

통계청 기준에 의하여
우리나라 인구 5,200만 명에 내가 있다.
세계 인구 28위, 국내 총생산 GDP 10위로 기록되어 있다.

세계 경제 순위에서 나를 뺀 것인지
세계 인구 순위에서 나를 뺀 것인지
나는 늘 하위에서 하위로 살고

다행히 국가는 강하고 부한 것 같고

100년 후 인구 절반이 감소된다는데
노인을 낳는 거꾸로 가는 시계가 문제인 거다.
경로석과 일반석이 바뀐 젊음이 없는 빈자리에
임산부 자리는 늘 분홍색으로 지하철은 달린다.

국가 부채가 내 부채

무계획이 파먹은 이빨 자국 바라보며
우물쭈물 소멸되어 가는
5,200만을 통계청은 고스란히 발표한다.
내 위치를 고스란히 알고 있다.
달리는 주행 위치를 알고 있다.

1+1 유통기한 다 된 빵과 우유에 몰려드는 저녁
두 손에 공복을 움켜쥔 나, 오늘도 추적되는
흔적 없는 내 묘비까지 추적되는

다행히 국가는 강하고 부한 것 같고

검은 모자

시간을 달리느라 몸통 없는 흔적들아
열리지 않은 채 모로 누운 돌들아
혀에 굳은 어휘들아 잘 가거라.
무수히 시작되었던 나의 사랑아

내 경작지에서 피어난 것들이 간다.
신발들 안경들 내 검은 모자가 탄다.
나의 날개 나의 몸들아
진단은 새로운 질병을 만들 뿐 휘젓던 손짓들아
바라보는 안색들아 [오로지] 날아오를 것이다.

낯선 바람에 타오르는 밤들아
지루한 여름과 지루한 神들과 낡은 깃발들아
사라지는 모든 이름 위에

사라질 줄 모르고 피는 꽃들아
피는 것이 보상인 줄 아는 내 꽃들아
쾌락을 묻지 않는 기회의 골목들아
스스로 멀어질 것이다.
가슴에서 행렬 꼬리에서
점점 사랑의 정의가 멀어질 것이다.

해 설

시적 존재물음의 아름다움

오민석(문학평론가·단국대 교수)

1.

하이데거(M. Heidegger)는 '존재'가 가장 보편적인 개념이고, 너무나 뻔한(자명한) 개념이어서 정의될 수 없다는 (고대 존재론의) 주장들을 '선입견'이라고 비판한다(『존재와 시간』). 그에 의하면 존재에 대한 탐구야말로 모든 사유와 학문의 기초를 이룬다. 존재에 대한 사유 없이 아무것도 이룰 수 없다. "~이다" 혹은 "~있다"로 표현될 수 있는 존재들은 다양하다. 식물, 동물, 사물, 인간, 그리고 존재하는 모든 것이 여기에 해당이 된다. 그러나 '존재'가 무엇인지, '존재'가 어떻게 존재하는지 물을 수 있는 '존재자'는 인간밖에 없다. 이런 '존재물음'(하이데거)의 가능성을 가지고 있는 존재자인 인간을 그는 "현존재(Dasein)"라고 부른다. 현존재는 추상이

나 개념으로 존재하지 않는다. 그것은 칸트식의 순수논리 혹은 순환논리가 아니라, 시간 그리고 일상성, 삶 속에 던져져 있는 존재, 즉 "세계내존재(being-in-the-world)"로 존재한다. 현존재는 자신의 존재에 끝없이 질문을 던지며 "자신의 존재 자체를 문제 삼는다". 하이데거는 이런 존재방식을 "실존(Existence)"이라고 부른다.

이귀영의 시들을 읽으면서 우리는 '존재'에게 던지는 수많은 '존재물음'을 만난다. 존재는 수학이나 논리학으로 규정되지 않으므로 그는 '시적' 존재물음들을 통해 '존재이해'의 다양한 지평들을 탐구한다. 그가 만난 '존재지평'은 규정되지 않으며 쉽게 포획되지 않는다. 하이데거의 용어를 빌자면, 우리는 그의 시에서 존재를 향한 "마음씀(Sorge)"의 다양한 표정을 읽는다. 세계내존재는 시간의 용기用器 안에서, 늘 죽음의 숙명을 바라보고, 해결되지 않는 존재질문을 계속 던진다. 시인은 불안과 염려와 고통의 "마음씀"을 수많은 객관 상관물을 동원해 표현한다.

> 그늘을 쓰고 다니던 모자 둥지를 쓰고 다니던
> 모자는 벽에서 먼지를 쓰고
> 행거에 겹겹이 선반에 겹겹이 모자는 모자를 쓰고 있습니다.
>
> 의상과 함께 거리를 나서는 모자
> 해와 달과 별들 아래서 뿌리를 쓴 모자

몸은 흘러가고 깊은 바다를 쓴 모자
하얀 비둘기를 쓴 모자

두 손과 가슴을 쓰고 있는
낮은 묘지에 십자가를 쓰고 있는
햇살 아래 노동의 낮잠을 쓰고 있는

모자를 쓰고 다니십니까?

날아가는 모자를 주우십니까?

내가 모자를 속속들이 읽습니다.

베른하르트의
"두텁고 질기고 더러운 그 회색 모자를 상당히 오래 쓰고
있어서
그 모자가 벌써 그의 머리 냄새가 배어 있어서 그는 더 이상
모자를 보지 않으려고 머리에 쓰고 있다.
누구의 모자일까 추측하며 모자를 발견한 그 자리에 서 있는"
『모자』를 읽고 있습니다.

내 모자는 모자가 아닙니다.

(시간이나 공간이나 천체나 물체를 가리는)

(손끝에 들려 있는)

(발끝에서 심심한 재주를 부리는)

(의상의 일부가 된)

(누군가의 체취가 밴)

(나를 주워서 겨드랑이에 끼고 간)

모자가 아닙니다.

이글거리는 내 몸통 하위와 신성한 그의 상위

그 사이

나와 그와의 극간, 틈입니다.

—「모자입니까」 부분

표제작이기도 한 이 시에서 이귀영 시인은 존재들을 자리매김한다. 그는 무엇보다 "신성한 그"의 존재를 의식하고 있다. 이 시집 전체에서 그는 어떤 초월적 존재, 즉 신에 대한 사유를 계속하고 있다. "신성한 그"와 대척점에 있는 것은 "내 몸통 하위"이다. 그는 인간 존재를 "몸통 하위"라 지칭함으로써 인간이 다름 아닌 '몸-주체(body-subject)'(M. 퐁티)임을 분명히 한다. 메를로 퐁티(M. Merleau-Ponty)에 의하면 주체는 정신이나 의식이 아니라 '몸'이다. 그에 의하면 "나는 나의 몸 앞에 있지 않다. 나는 몸 안에 있다. 더 정확히 말하면 나는 몸이다". "모자"는 이 두 가지 존재의 사이, 즉 "극간, 틈"이다. "모자"는 (정확히 규정할 수도 없고, 그렇게 해서도 안 되지만) 신과 인간 사이에서 '~하는' '~하고 있는' 모든 존재들의 상징이다. 그것은 존재와 신 사이에서 존재를 가리거나, 꾸미거나, 보호하거나, 위장한다. 그것은 "몸통 하위"에 더해진 모종의 기호(sign)이다. 몸-주체는 이와 같은 무수한 덧-기호들을 가지고 있다. 모자는 "몸통 하위" 위에 "겹겹이" 쌓여 있다. 신—모자(덧-기호)—인간 사이의 이러한 관계가 이귀영 시인의 '기초 존재론(fundamental ontoloty)'(하이데거)을 이룬다.

2.

칼뱅(Jean Calvin)에 따르면 "인간은 신에 대하여 사유하지 않고 자신의 존재를 알 수 없다"(『기독교 강요』). 이런 명제의 전제는 인간이 신의 피조물이라는 것이다. 신이 자신을 만들었으므로 인간은 자신을 알려면 자신을 창조한 존재에 대해 사유해야 한다는 것이다. 이런 주장은 이성적 정언명령이라기보다는 선택적 믿음의 논리이다. 이 시집의 여러 곳에서 이귀영 시인은 신의 '존재'에 대한 사유를 보여 준다. 그러므로 그의 존재론의 종점은 "신성한 그"이다.

> 神이 없다면,
> '네 발에서 신을 벗으라' 할 명령이 없겠다.
> 불꽃에 타오르는 음성이 없으니

따르는 물결이 없겠다.

즐비한 차량으로 도시를 막으니 통곡의 벽이 없겠다.
너와 나의 우주 골목이 없겠다.

원자 양자 전자 우리의 입자들
우그러짐 휘어짐 명령이 없으니 충돌일지
팽창일지 생성 이전으로 가는 우주
혼돈에는 길이 없겠다. 검은 미아들
서로가 없겠고 있음이 없겠고 현재나 미래나 허공이
없고 없으니 숨 쉴 수 있는 모든 것이 아니니

부정이 가득한 어둠에서
당신에게로 태초로 가리라.

—「엑소더스」 부분

이 시의 전체 통사구조는, "神이 없다면" '~도 없겠다'이다. 그러나 이 시에서 '~도'들은 없는 것이 아니라 모두 현존하는 것들이다. 그러므로 이 시의 자연스러운 결론은 '신이 존재한다'는 것이다. 다만 신의 존재를 증명하는 그 모든 '것들'이 고통스러운 것들이므로, 이 시의 화자는 그런 것들이 없는 "태초"로 돌아가고 싶어 한다("엑소더스"). 이렇게 보면 현존재가 일상의 시간 속에서 겪는 모든 사태는 신의 존재를 증명하는 사례들이 된다.

행복한 눈물, 그런 상처가 있기를 바랍니다.
어리숙한 몰락, 그런 행운이 다다르기를 바랍니다.

모자 벗어 버리고 깨우치기를
아픔이 기도 아픔이 통로입니다.

실패가 되어 부족함을 깨닫기를
나의 계획이 무너지기를
당신의 계획이 세워져 가기를 바랍니다.
나의 기준으로 이해되지 않기를
당신께 영원히 귀속되기를

내가 무너져야 그가 움직이리
모든 줄 끊어져야 당신 줄을 잡으리
당신을 찬양하다 나를 찬양하는 나를 용서치 않고
심판대에 서면 그는 그의 형상만을 용서하리

…(중략)…

하찮은 모든 것 개의치 않을 모든 것
그것 거기 있고 저것 저기 있는 세상
다시 살아나지 않게 하소서
즉각 즉각 죽게 하소서 즐거운 몰락으로

오직 당신의 좌표 따라 이동합니다.

—「2021」 부분

기도문 형식의 이 작품은 이귀영이 생각하는 존재론의 세 가지 층위를 다시 분명하게 보여 준다. 버려야 할, 죽어야 할, 그리고 무너져야 할 "나"는, 앞에서 이야기한 "몸통 하위"로서의 "나"이다. 그리고 "모자"는 그 몸통이 자신을 꾸미고 감추는 덧-기호이다. 그래서 화자는 "모자 벗어 버리고 깨우치기를"이라고 자신에게 말한다. 이귀영의 몸-주체는 자신을 죽이고 "오직 당신"("신성한 그")에게 모든 진리의 자리를 귀속시키길 원한다. 그러나 이것은 소망일 뿐, "몸통 하위"는 늘 그 존재에 다다르지 못한다. 몸을 입은 존재는 그것에 도달하길 바라지만 그것 근처에서 늘 미끄러진다. 몸의 외투를 입고 있는 한, 그것은 도달할 수 없는 실재(the Real)이다. 그래서 다음과 같은 자조自嘲의 고백이 등장한다.

아무도 아닌 자이므로

북서풍에 있는 우리의 활공에는 질량과 중력이 허락되지 않았다.

…(중략)…

해가 저물어도 붉은 언어

셀 수 없는 영혼처럼 불의 혀처럼 날아오르는
울음이나 희망이 순식간에 타오르는 오로라처럼

이 시대 바람에 대항하여 우리는 날고 있는가
다시 모진 북서풍에 있어도 당신을 향할 것이다.

오직 당신 호흡에 있으므로
우리의 배경에 있으므로
우리는 아무도 아닌 자이므로

—「아무도 아닌 자」 부분

이 작품은 중층적 모순 구조를 가지고 있다. 어떤 경우에도 "당신을 향할 것이다"라는 문장이 겉으로는 바로 그 "당신"에 대한 철저한 순종의 결기를 보여 준다면, "우리"가 "불의 혀처럼" 날아올라 봐야 오로지 "우리의 배경에 있으므로" 그래서 "아무도 아닌 자"라는 진술은, "우리"(인간)—신 사이의 관계의 일방성에 대한 부정否定, 불만, 혹은 불평의 냄새를 풍긴다. 이 시에서는 이렇게 방향이 다른 의지와 정동(情動, affect)이 서로 충돌한다. 이 충돌은 길항拮抗의 비대칭적 의미구조를 만들어 내는데, 이런 형용모순이야말로 이 시의 힘이다. 그리고 이런 배리背理야말로 유한성의 옷을 입은 몸-주체의 일상에 대한 정확한 묘사가 아니고 무엇인가.

3.

이귀영의 시적 존재론에서 존재의 외곽을 두르고 있는 장막은 바로 죽음이다. 죽음이야말로 인간의 존재성을 설명하는 가장 핵심적인 철학소哲學素이다. 죽음은 인간-존재와 신-존재를 구별하는 차이의 기호이고, 인간을 인간이게 만드는 필연적 기표이다.

> 시간을 달리느라 몸통 없는 흔적들아
> 열리지 않은 채 모로 누운 돌들아
> 혀에 굳은 어휘들아 잘 가거라.
> 무수히 시작되었던 나의 사랑아
>
> 내 경작지에서 피어난 것들이 간다.
> 신발들 안경들 내 검은 모자가 탄다.
> 나의 날개 나의 몸들아
> 진단은 새로운 질병을 만들 뿐 휘젓던 손짓들아
> 바라보는 안색들아 [오로지] 날아오를 것이다.
>
> 낯선 바람에 타오르는 밤들아
> 지루한 여름과 지루한 神들과 낡은 깃발들아
> 사라지는 모든 이름 위에
>
> 사라질 줄 모르고 피는 꽃들아

피는 것이 보상인 줄 아는 내 꽃들아
쾌락을 묻지 않는 기회의 골목들아
스스로 멀어질 것이다.
가슴에서 행렬 꼬리에서
점점 사랑의 정의가 멀어질 것이다.

—「검은 모자」 전문

이 시집의 제일 마지막에 나오는 이 작품은 존재의 죽음에 대한 아름답고도 슬픈 레퀴엠이다. "검은 모자"는 몸-주체가 죽을 때 함께 죽는 "몸통 하위"의 위장물이다. 이 시집에서 "모자"의 이미지가 자주 등장하는데 마지막 작품에 와서 그것은 "검은"(죽은) 모자가 된다. "시간을 달리느라 몸통 없는 흔적"이란 죽음의 터미널을 향해 가는 존재의 '존재 형식'을 보여 준다. 존재는 언제나 하나의 형태로 고정되어 있지 않다. 그것은 마치 '기관 없는 신체'(들뢰즈, G. Deleuze) 처럼 '무엇-되기'의 과정 속에 있다. 그것은 "피는 꽃"이기도 하고, 사라지는 꽃이기도 하며, "혀에 굳은 어휘"이기도 하다. 아직 기관들이 생성·확정되지 않은 알처럼 그것은 일종의 잠재성으로 존재한다. 그것은 하나로 고정되지 않으며, 유체처럼 계속 '무엇'이 되어간다. 그러나 그 모든 인간 존재의 귀결은 하나로 규정되며, 그 하나는 바로 죽음이다. 그러니 죽음을 사유하지 않는 시적 존재론은 가짜이다. 이귀영의 시는, 그리하여 보이지 않는, 그러나 결국엔 다가올 죽음의 장막을 항상 의식하고 있다. 그 엄청난 폭력 앞에서 몸-주체는 얼마나 약하고 슬픈 존재인가. 이귀영의 시에서 자주 "벌레" 이미지가 등장하는 것도 바로 이런 이유 때문이다.

> 노을 흐르는 강물에
> 기관 없는 마음 내려놓기란 몸에 밴 인생을 잃는 것
> 너를 잃고 나를 잃으며 가는
> 삶의 반대 지역이라
>
> 어찌 빈손에 빈손을 얹을까
> 흐르는 마음 흐르는 공功이 공空으로 가 닿을라
>
> 꿈틀거리던 벌레 시절 지나고 나방이 나온다.
>
> ―「삶의 반대 지역」 부분

"노을 흐르는 강물"은 종말을 향해 가는 시간성이다. "기관 없는 마음"은 바로 앞에서 이야기한 '무엇-되기'의 과정 중에 있는 존재의 형식이다. "삶의 반대 지역"은 당연히 죽음의 공간이다. 존재는 종말의 공간을 향하여 끊임없이 변화와 생성(무엇-되기)을 거듭한다. 그것은 기관 없는 신체인 "벌레" 같다. 이귀영의 시에서 자주 등장하는 "벌레" 이미지는 중층적 함의를 갖는다. 그것은 한편으로는 기관 없는 신체, 즉 변화와 생성의 과정 중에 있는 몸-주체를 지시한다. 다른 한편, 그것은 죽음의 회피 불가능한 숙명 앞에 있

는 "아무도 아닌 자"라는 함의이다. 그러니 인간 존재는 얼마나 유한한가.

> 이름이 없는 비범이 없는 나는
>
> 거리에 엎드린 해를 멈추게 하는
> 휘영청 달을 머물게 하는
> 산에 그늘을 드리우는 그대의
> 무한한 둥근 빛을 안으며
> 체온을 전달하는 기억의 회로를 돌아
>
> 다 가 버린 후에
> 다 타 버린 후에 여전히 그리움이 되어
> 나타났다 사라지는 얼굴이 되어
>
> —「벌레」 부분

두 번째 연의 "그대"는 해를 멈추게 하고, 바람을 머무르게 하며, 산에 그늘을 드리우는 절대적인 존재이다. "이름이 없는 비범이 없는 나"는 오로지 "그대"와 관계 속에만 존재성을 갖는다. 그리하여 "다 가 버린 후에"도, "다 타 버린 후에"도 "그리움"의 존재성을 갖는다.

> 기껏 거기서 거기까지
> 사랑의 음표가 끝이라

지렁이처럼 어슬렁 걷는다.
투명 우산을 쓰고
과거를 헐렁헐렁 비워 내는 걸음으로

버스 정거장을 지나고
가로수 침묵을 지나고

—「백야」 부분

이 작품 속의 "지렁이"는 앞에서 언급한 "벌레"와 동일한 존재성을 갖는다. 이귀영 시인은 이렇게 자신을 계속 바닥으로 내려놓는다. 그러면서 그는 항상 도달할 수 없는 "신성한 그"에 대하여 사유한다. 이귀영의 시들은 이 두 가지 존재성 사이에서 계속 '존재물음'을 던진다. 이귀영의 시들은 신과 모자와 인간 사이에서 피 흘리는 현존재의 지도地圖이다. 그것은 고통스럽고 처절하며, 슬프고 아름답다.